I CH, AK a NM, gyda chariad

~ S J

I Greg (ffrind oes), Agata, a'u
hanrheg fach berffaith, Zosia; a anwyd ar 2 Tachwedd 2015

~ C P

Cyhoeddwyd gyntaf ym Mhrydain yn 2016
gan Little Tiger Press, 1 The Coda Centre,
189 Munster Road, Llundain SW6 6AW
dan y teitl *The Perfect Present*
gan Stella J Jones

Cyhoeddwyd gyntaf yng Nghymru yn 2016
gan Wasg Gomer, Llandysul, Ceredigion SA44 4JL
www.gomer.co.uk

ISBN 978 1 78562 110 9

Dymuna'r cyhoeddwyr gydnabod cefnogaeth ariannol Cyngor Llyfrau Cymru.

Argraffwyd yn China

LTP/1400/1446/0516

Yr Anrheg Berffaith

Stella J Jones • Caroline Pedler

Addasiad Rhian Mair Jones

Gomer

Roedd hi bron yn ddydd Nadolig ac roedd y pentref yn drwch o oleuadau llachar a thinsel disglair.

'Dyma'r adeg ORAU o'r flwyddyn!' meddai Cian yn llon, gan dasgu yn ei flaen ar ei sgwter.

'Dere glou!' gwaeddodd Cadi, gan bedlo wrth ei ochr. 'Neu fe fyddwn ni'n colli goleuo'r goeden Nadolig!'

'Tri, dau, un, hwrê!' meddai pawb
wrth i'r goleuadau ar y goeden
befrio ynghynn.
'Dim ond un cwsg tan i
Siôn Corn ddod!' gwenodd
Cadi, gan gydio'n dynn
ym mhawen Cian.

'Un diwrnod arall cyn y Nadolig!' meddai Cian yn wên
o glust i glust. 'Fe wela'i di wedyn!'

Gyda herc a naid, sbonciodd ar ei sgwter a brysio
i chwilio am yr anrheg Nadolig berffaith i Cadi.

Roedd silffoedd siop Heti Huws yn llawn dop o bethau pert,
ond doedd dim byd yno yn ddigon da i Cadi.

'O diar,' ochneidiodd Cian.

Yn sydyn dyna rywbeth coch, llachar yn dal ei sylw.

'Baner ar gyfer beic Cadi!' ebychodd. 'Perffaith!'

Ond doedd dim digon o arian ym mhwrs Cian.
'O na!' meddai'n ddigalon. 'Beth wna
i nawr?'

'Paid â phoeni,' meddai Heti'n garedig. 'Oes rhywbeth arall y gallet ti ei roi yn lle'r faner?'

Meddyliodd Cian yn galed gan edrych ar ei hen sgwter tolciog. Doedd bosib y gallai ffarwelio â'i hoff degan?

'Fe alla'i roi hwn,' meddai'n ddewr, gan wthio'r sgwter at Heti.

'Bydd Cadi'n dwlu ar yr anrheg,' meddyliodd Cian wrth edrych ar ei sgwter yn ffenest y siop.

Ond roedd rhan ohono'n teimlo ychydig bach yn drist wrth iddo gerdded yn araf tuag adref drwy'r holl siopwyr Nadolig.

Ym mhen arall y dref, chymerodd hi fawr o dro
i Cadi ddod o hyd i anrheg Nadolig i Cian.

'Dyna hi. Perffaith!' meddai, gan syllu ar y
gloch fwyaf llachar a gloyw yn ffenest y siop.
'Cloch ar gyfer sgwter Cian!'

Brysiodd Cadi i mewn i'r siop, ond doedd dim digon o arian ganddi hithau chwaith!

'Mae hyn yn ofnadwy,' meddyliodd.

NEWYDD
am HEN!
Beth am
GYFNEWID?

Yn sydyn fe welodd hi arwydd y tu ôl i'r cownter oedd yn dweud:

Newydd am hen! Beth am gyfnewid?

'Cyfnewid?' meddyliodd Cadi. 'Ond beth alla'i roi?'

Yna dyma hi'n cael syniad. 'Beth am fy meic i?' meddai wrth berchennog y siop.

Roedd Cadi'n teimlo'n eithaf digalon
wrth adael ei hoff degan ar ôl.

Ond dechreuodd deimlo'n well wrth
feddwl pa mor hapus y byddai Cian
o weld ei gloch newydd.

Ar ôl yfed siocled poeth i gynhesu, dyma'r ffrindiau'n brysio i lapio'u hanrhegion.

'Fe fyddi di'n dwlu ar dy anrheg di!' meddai Cian, wrth dorri a phlygu'r papur lapio.

'Ddim cymaint ag y byddi di'n hoffi dy anrheg di!' atebodd Cadi, gan glymu rhuban yn dwt.

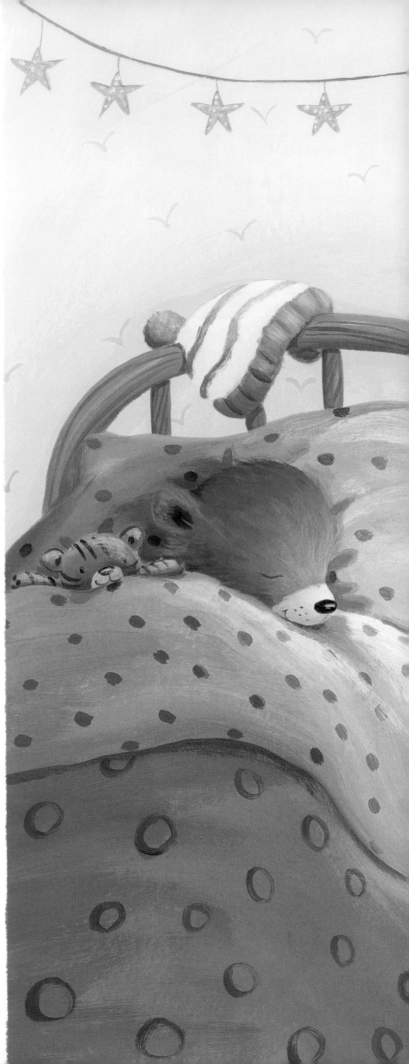

Ond wrth iddyn nhw gysgu'n drwm, sgrialodd sgwteri a rhuthrodd beiciau chwim drwy eu breuddwydion – bob un y tu hwnt i'w gafael.

'Nadolig Llawen!' gwichiodd Cian a Cadi wrth i'r haul sbecian drwy'r llenni.

'Barod?' gofynnodd Cian.

'Barod!' meddai Cadi.

'Agor dy anrheg!' gwaeddodd y ddau ar yr un pryd.

Allai Cian ddim credu ei lygaid!

'Cloch ar gyfer fy sgwter i!'

'A baner ar gyfer fy meic i!' gwichiodd Cadi.
'Dyma'r anrheg orau erioed!'
Ac yna fe gofiodd y ddau . . .

'Ond fe wnes i roi fy sgwter i brynu dy faner di,' meddai Cian yn drist.

'Ac fe wnes i roi fy meic i yn lle dy gloch di!' meddai Cadi'n ddigalon.

Rhoddodd Cadi gwtsh mawr
i Cian.

'Mae bod yn ffrindiau'n
bwysicach nag unrhyw feic,'
meddai Cadi.

'Ti yw'r ffrind gorau erioed,'
gwenodd Cian.

Dechreuodd y ddau biffian
chwerthin.

'Am ddau ddwl!'

'Dere i ni agor anrhegion Siôn Corn,' meddai Cian. 'Bydd hynny'n codi ein calonnau ni.'

Estynnodd o dan y goeden a thynnu dau becyn allan. Roedd nodyn yno hefyd.

Annwyl Cian a Cadi,
Rwy'n gwybod eich bod chi'ch dau wedi bod yn ffrindiau caredig i'ch gilydd, felly mae'r corachod wedi bod yn gweithio ar rywbeth arbennig iawn i chi.
Nadolig Llawen!
Cariad mawr, Siôn Corn xx

'Beth yn y byd sydd yma?' holodd Cadi wrth iddi rwygo'r papur lapio.

'Alla'i ddim credu'r peth!' gwaeddodd. 'Dyma fy . . . fy meic i!'

'Edrycha! Fy sgwter i!' bloeddiodd Cian. 'Ac mae e fel newydd! Diolch, Siôn Corn!'

'Beth am gael ras at y llyn ac yn ôl?' gwaeddodd
Cadi'n llawen ar ôl gosod y gloch a'r faner yn eu lle.
'Un, dau, tri, bant â ni,' chwarddodd Cian.
Ac i ffwrdd â'r ffrindiau i fwynhau eu Nadolig.